FABIANO ORMANEZE

MILTON
MILTON SANTOS

1ª edição – Campinas, 2022

"O mundo é formado não apenas
pelo que já existe, mas pelo que pode
efetivamente existir."
(Milton Santos)

MOSTARDA EDITORA

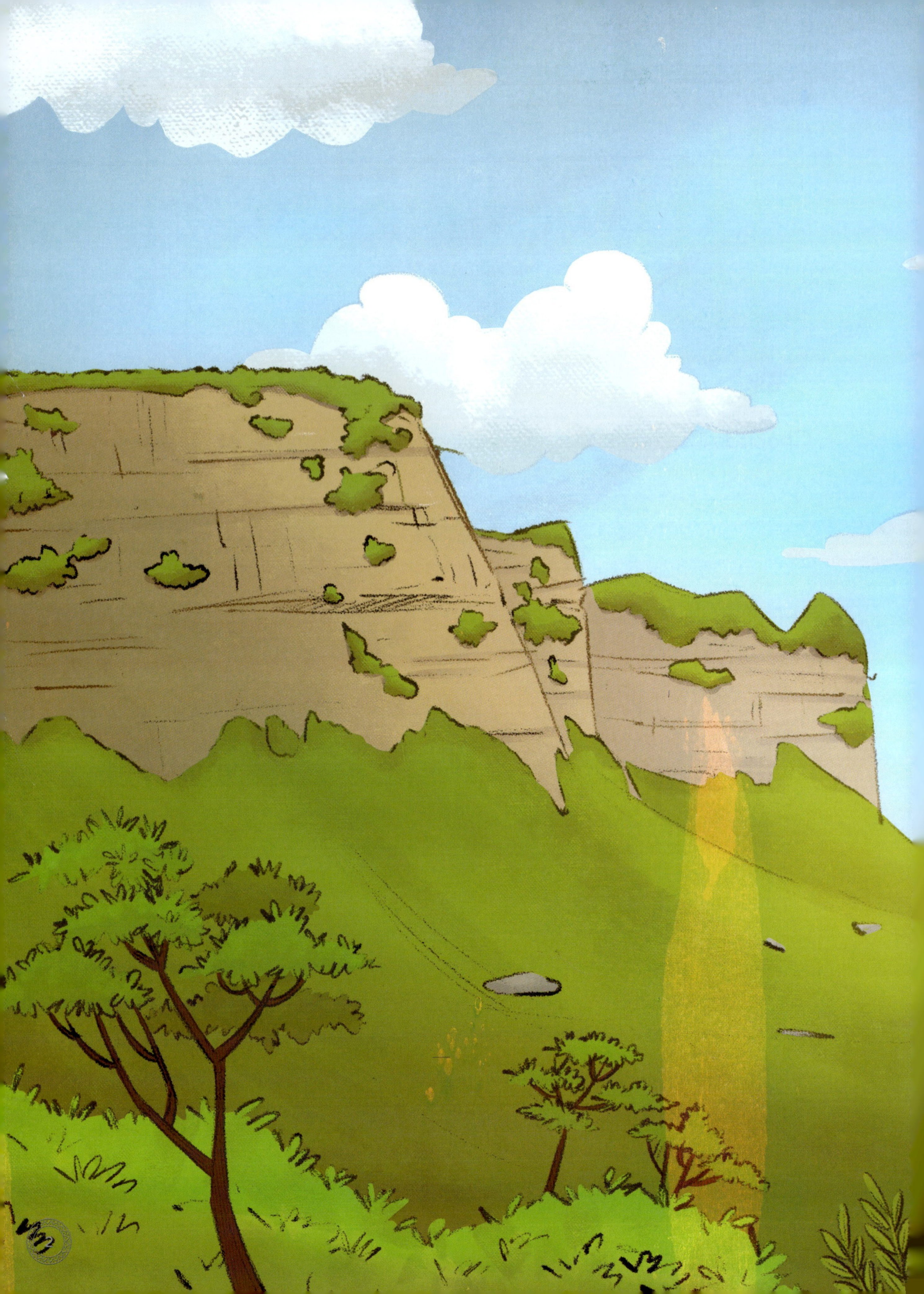

Na Bahia, em um dos mais belos cenários da natureza brasileira, Adagilsa e Francisco se conheceram e se casaram em 1924. Os dois eram professores e viviam na pequena cidade de Macaúba de Brotas. Da casa pequena onde foram morar, rodeados por uma vizinhança em que todos se conheciam, era possível avistar uma extensa serra, com densa vegetação, que ocupava os olhos quando se abriam as janelas: a Chapada Diamantina! Cachoeiras e nascentes da maior parte dos rios do Nordeste estão por ali, bem pertinho de onde, em 3 de maio de 1926, nasceu Milton Almeida dos Santos.

Como Adalgisa e Francisco sempre se mudavam em busca de trabalho pelo interior da Bahia, Milton crescia conhecendo outras paisagens.

Quando ele nem tinha completado 1 ano, a família se mudou para Ubaitaba. Agora, mais ao sul da Bahia, pela janela se viam as grandes plantações de cacau, do que é feito o chocolate. Logo veio outra mudança: aos 3 anos, a família se foi para Alcobaça, onde os olhos do garoto se encantaram com a imensidão do oceano Atlântico.

Na época, havia poucas leis que determinavam como uma criança deveria ser alfabetizada. Por ser justamente esse o trabalho dos pais de Milton, eles decidiram começar a educação do garoto em casa. Também o matricularam em cursos de francês, matemática e boas maneiras, com professores particulares da cidade. Só um pouco mais tarde ele entraria na escola, mas já conhecendo todo o conteúdo que as outras crianças estavam estudando.

As mudanças continuaram. Aos 10 anos, os pais decidiram matriculá-lo em um colégio interno na capital do estado, Salvador. A viagem era longa: na época, levava quase um dia inteiro para chegar lá, o que também saía bastante caro. Os pais só conseguiam visitá-lo uma vez ao ano.

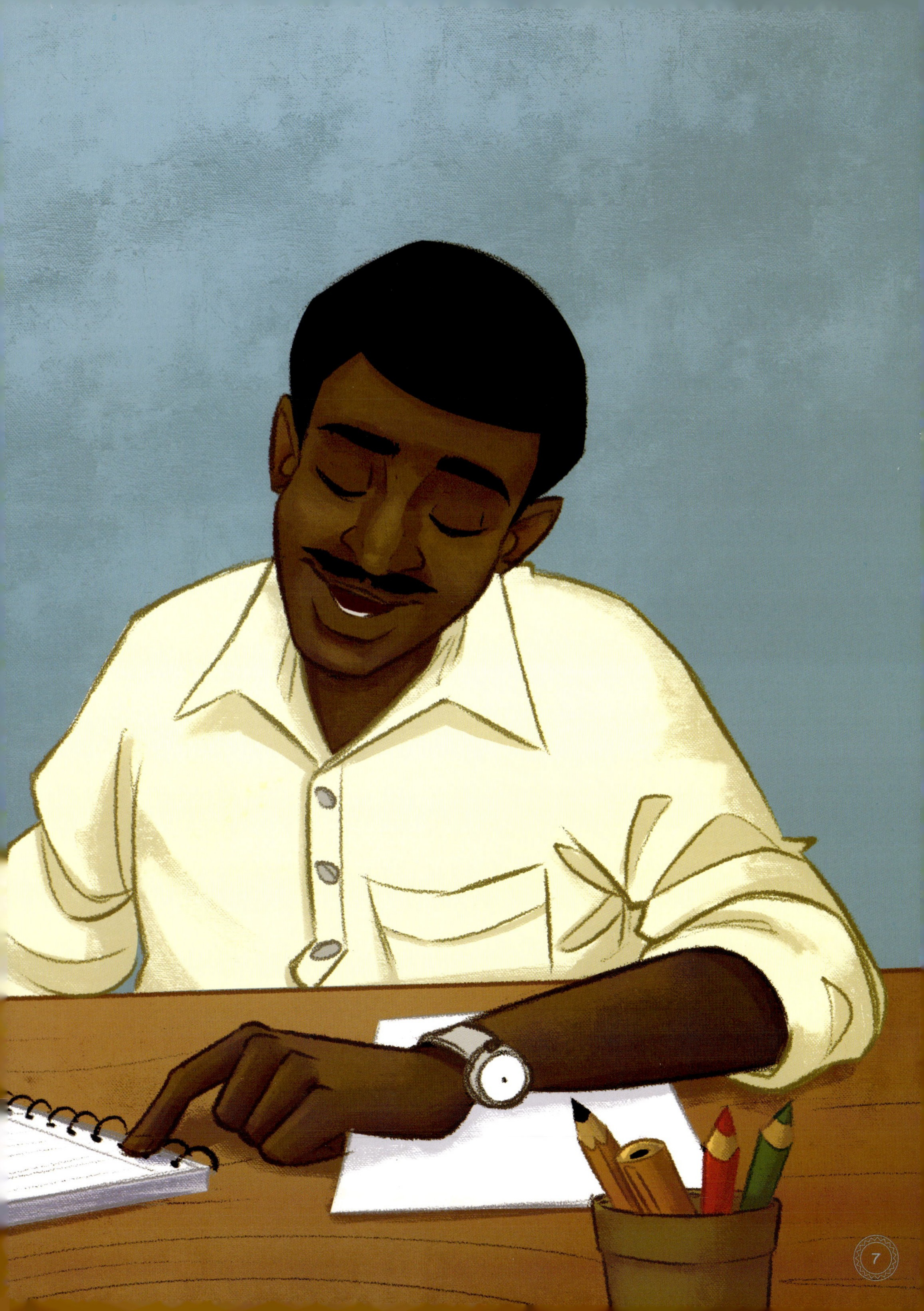

Essa distância marcou muito a vida de Milton. Tudo ficava mais difícil porque, em Salvador, ele começou a perceber uma série de desigualdades e de preconceitos — principalmente por ser um menino negro e estar em uma escola em que os outros eram brancos. Mas não era só isso. Das janelas, agora, o menino não via mais as paisagens naturais da Chapada ou as fazendas de cacau. Sentia mesmo era vontade de jogar futebol com os meninos na rua. Para proibi-lo, diziam que o colégio interno pretendia formar homens de elite, e futebol não era brincadeira para quem tinha esse objetivo.

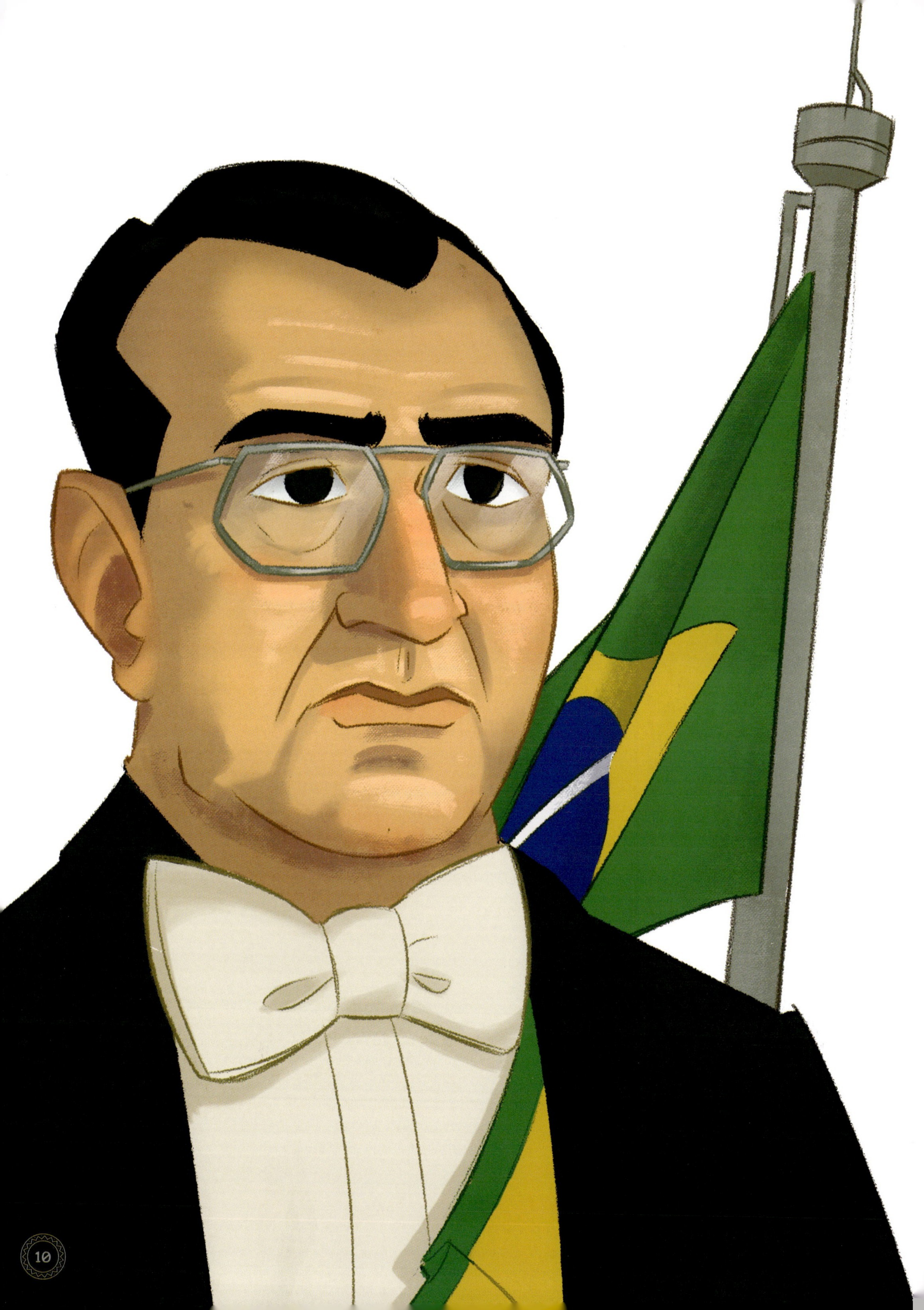

Milton era um excelente aluno. Aos 13 anos, já se tornou professor de Matemática e, aos 15, de Geografia, impulsionado pelo professor Oswaldo Imbassay, um de seus favoritos no colégio. No entanto, como a maioria dos adolescentes, ele tinha dúvidas sobre qual carreira seguir. Pensou em fazer algum curso ligado aos números, mas desistiu. Muitos jovens negros haviam tentado Engenharia na Escola Politécnica de Salvador, porém não tinham sido aceitos. Decidiu, então, ser advogado. Em 1944, conseguiu uma vaga no curso de Direito da Universidade Federal da Bahia (UFBA).

O Brasil dessa época era cheio de conflitos políticos. Os principais eram causados por resistência ao modelo de governo que o presidente Getúlio Vargas tinha implantado, o chamado "Estado Novo". Na verdade, era uma ditadura, em que as pessoas tinham poucos direitos diante de um governo muito autoritário. Na universidade, Milton e colegas de curso organizavam diversos debates e manifestações.

Formado em 1948, Milton nunca exerceu a advocacia. As aulas do professor Oswaldo continuavam inesquecíveis, e ele decidiu se mudar para Ilhéus, onde prestou concurso para ser professor de Geografia em uma escola municipal. Ele também conseguiu um emprego como jornalista, escrevendo reportagens para o principal jornal do estado: "A Tarde".

A paixão pela Geografia só aumentava. Queria, por meio dela, abrir novas janelas, olhar o mundo de outra forma. Quem sabe não seria um jeito de chamar a atenção das pessoas para as desigualdades que tanto o incomodavam. Como jornalista, conheceu e fez muitos amigos na política, aproximando-se, principalmente, de militantes de esquerda. Foi trabalhando para o jornal que conheceu Jandira, com quem se casou e teve seu primeiro filho, que também recebeu o nome de Milton.

Dividindo seu dia a dia entre a família recém-formada, as aulas e as reportagens para o jornal, Milton Santos também começou a escrever seus primeiros livros. Misturando um pouco as lembranças da infância em Ubaitaba com o conhecimento científico, em 1954 ele publicou o livro "A Zona do Cacau", em que explica como a produção agrícola altera as relações humanas. O livro foi um sucesso entre pesquisadores e estudiosos da época.

Nem nas férias Milton parava. Ele aproveitava os períodos de descanso dos alunos para viajar ao Rio de Janeiro, onde participava de cursos do Instituto Brasileiro de Geografia e Estatística (IBGE). Nessa época, também começou a participar da Associação dos Geógrafos Brasileiros (ABG), que ele levou para a Bahia.

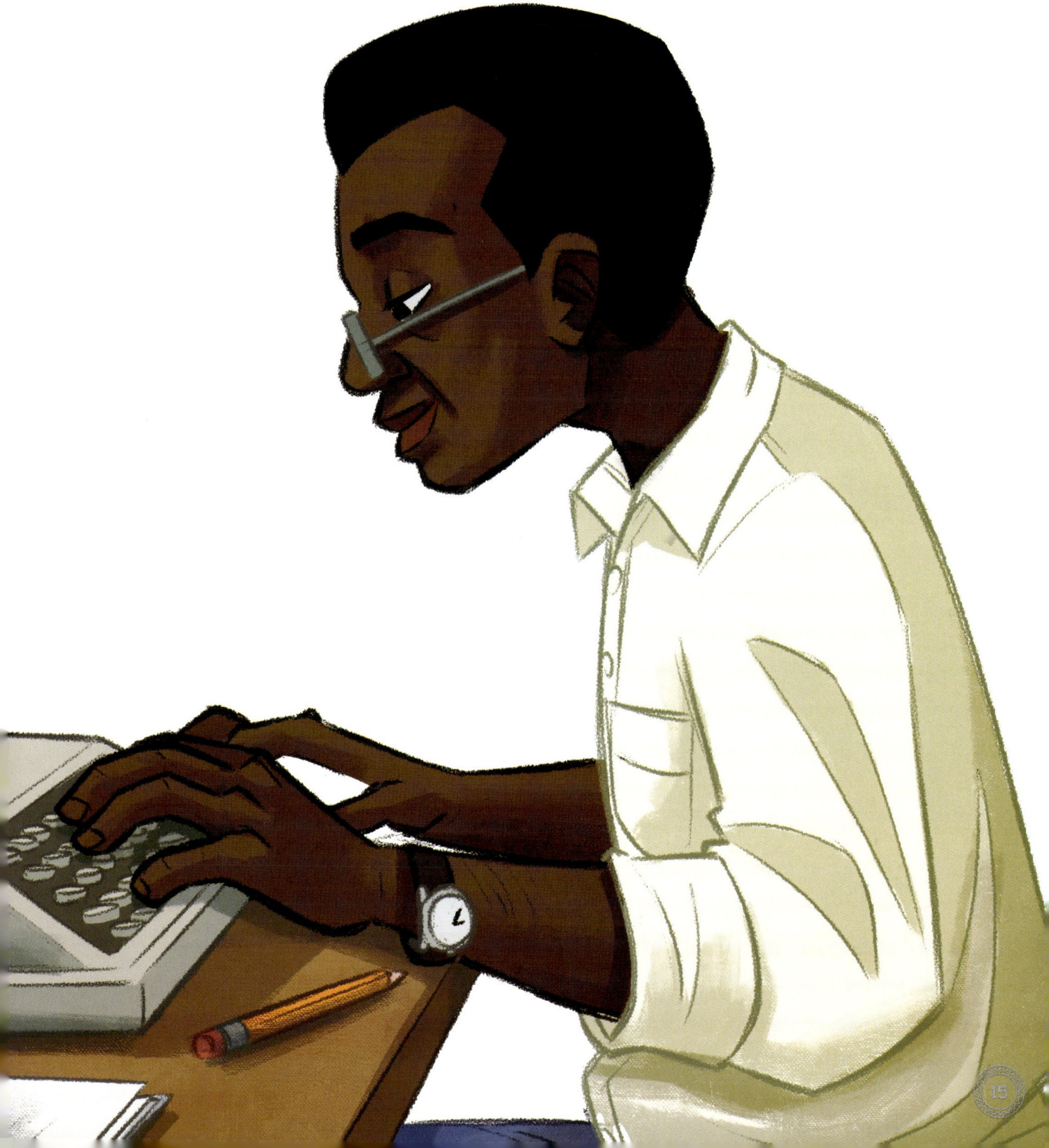

Em 1956, durante um congresso, Milton foi convidado para fazer doutorado na Universidade de Estrasburgo, na França. Ele conheceu o professor Jean Tricart, que foi seu orientador e se tornou um amigo. Era hora de atravessar o oceano, cuja imensidão lhe enchia os olhos desde a infância em Alcobaça.

Tudo o que era apenas página de livro agora podia ser visto das janelas das casas e dos hotéis em que se hospedava. Na Europa, além da França, Milton conheceu a Espanha e Portugal. Já na África, passou por Senegal e Costa do Marfim, que na época lutavam para se tornar independentes da França.

Com o diploma de doutor, Milton voltou ao Brasil dois anos depois. Ele defendeu uma tese, bem diferente para a época, sobre o centro da cidade de Salvador. A preocupação não era falar das ruas ou do relevo, mas sim das pessoas que ali viviam e das dificuldades sociais.

Nas andanças pelo mundo, o olhar de Milton Santos também ia se modificando, principalmente quando ele lia os jornais. Algo parecia estar errado entre o que era mostrado pelas palavras e o que ele enxergava. Quando lia as notícias sobre o Brasil, sempre se perguntava: "O mundo é este do jornal ou aquele sobre o qual eu escrevo?".

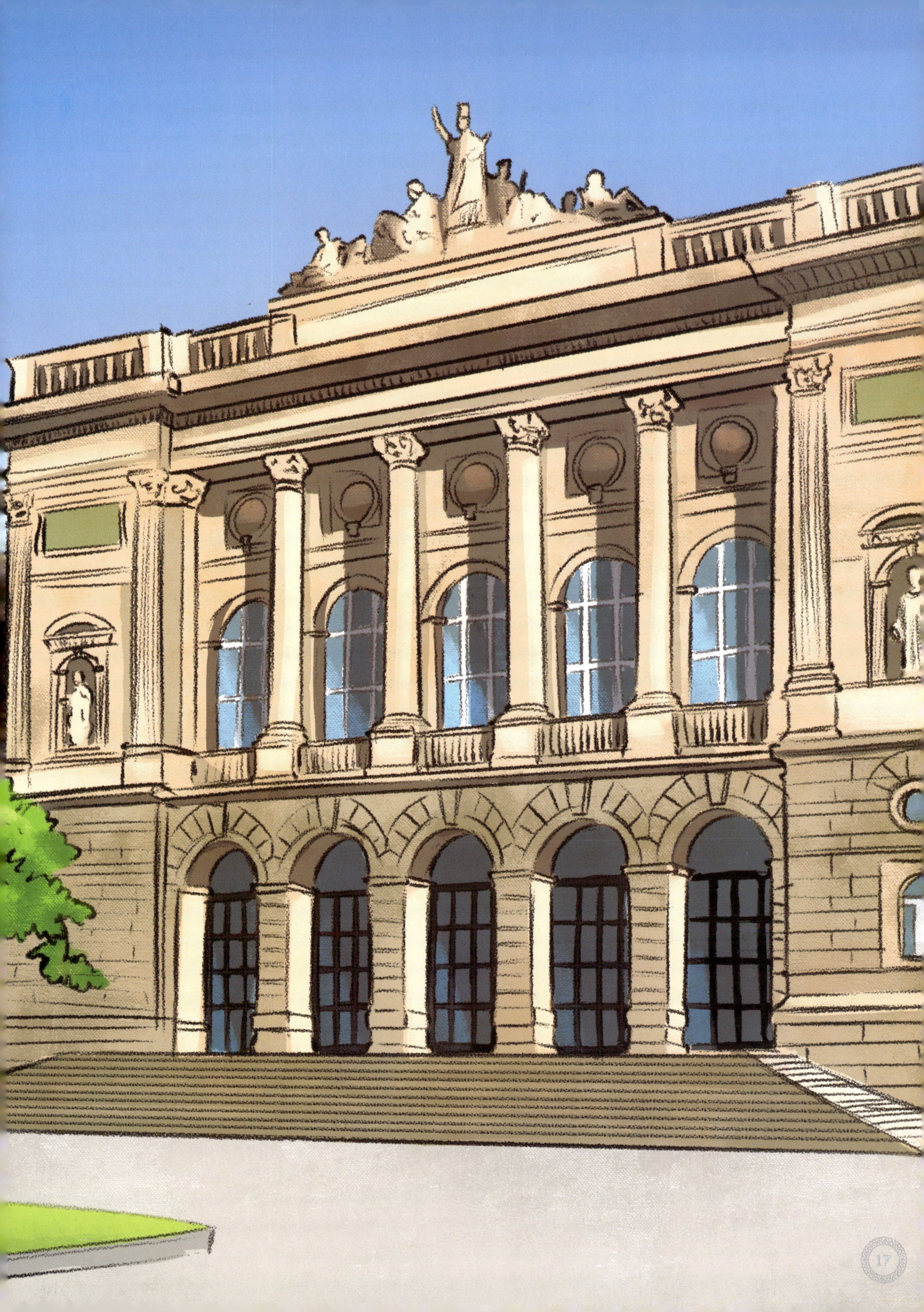

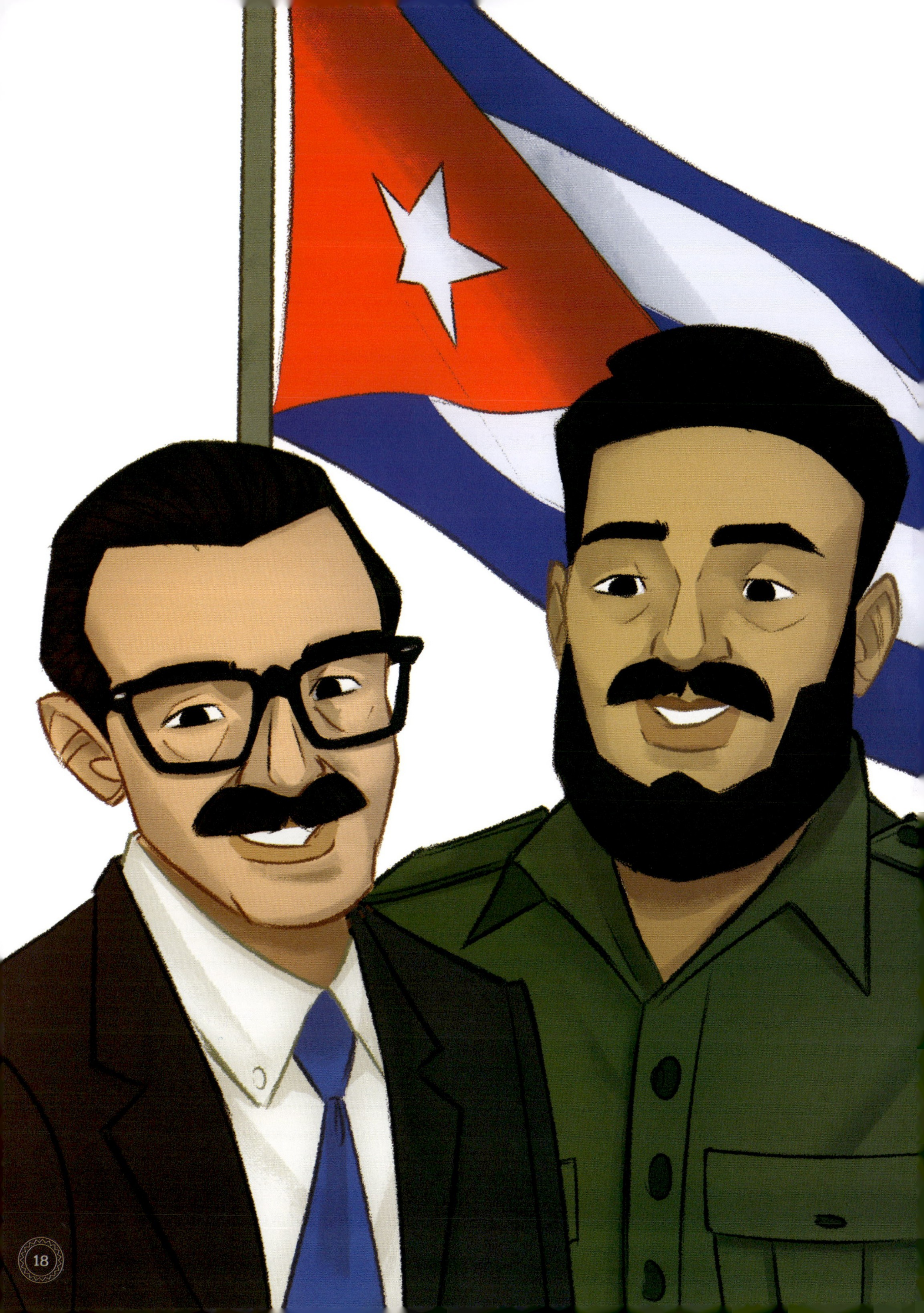

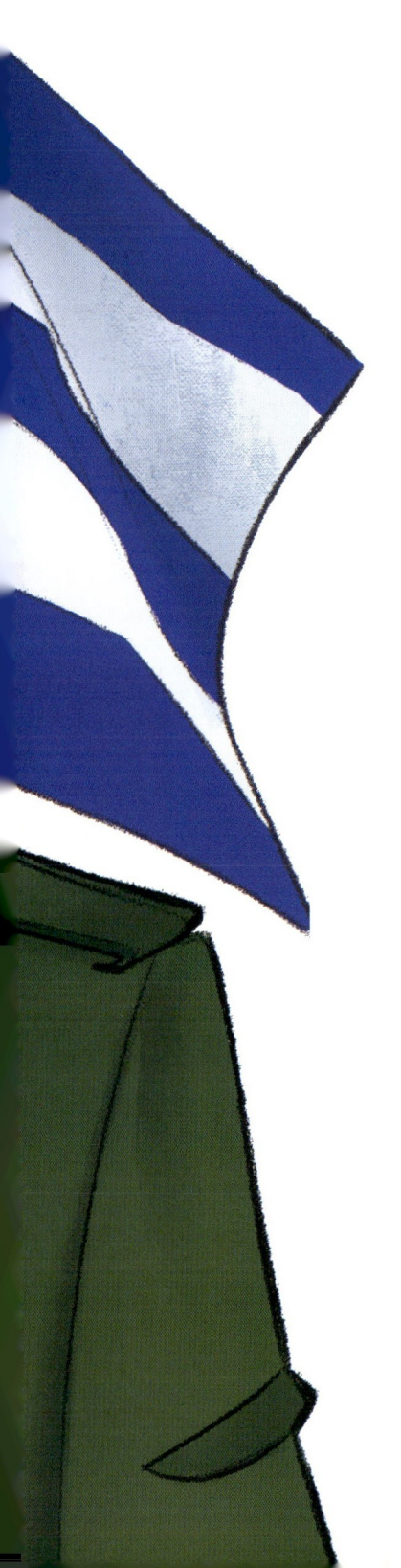

Em 1959, ele começou a dar aulas na Universidade Católica de Salvador, onde montou o primeiro laboratório do Brasil que fazia pesquisas sobre Geografia. As notícias sobre as descobertas e as novidades começavam a circular pelo país e a chamar a atenção de políticos e de outros estudiosos.

Em 1961, quando assumiu como presidente do Brasil, Jânio Quadros decidiu fazer uma viagem a Cuba e convidou Milton Santos para acompanhá-lo. Nada melhor do que ter um geógrafo preocupado com as mudanças sociais como companheiro de viagem! Ficaram amigos e, na volta, Milton foi nomeado para um cargo no governo da Bahia. A primeira providência foi dobrar o salário dos funcionários, pois ele achava que todos recebiam muito pouco pelo que faziam e pela importância que tinham.

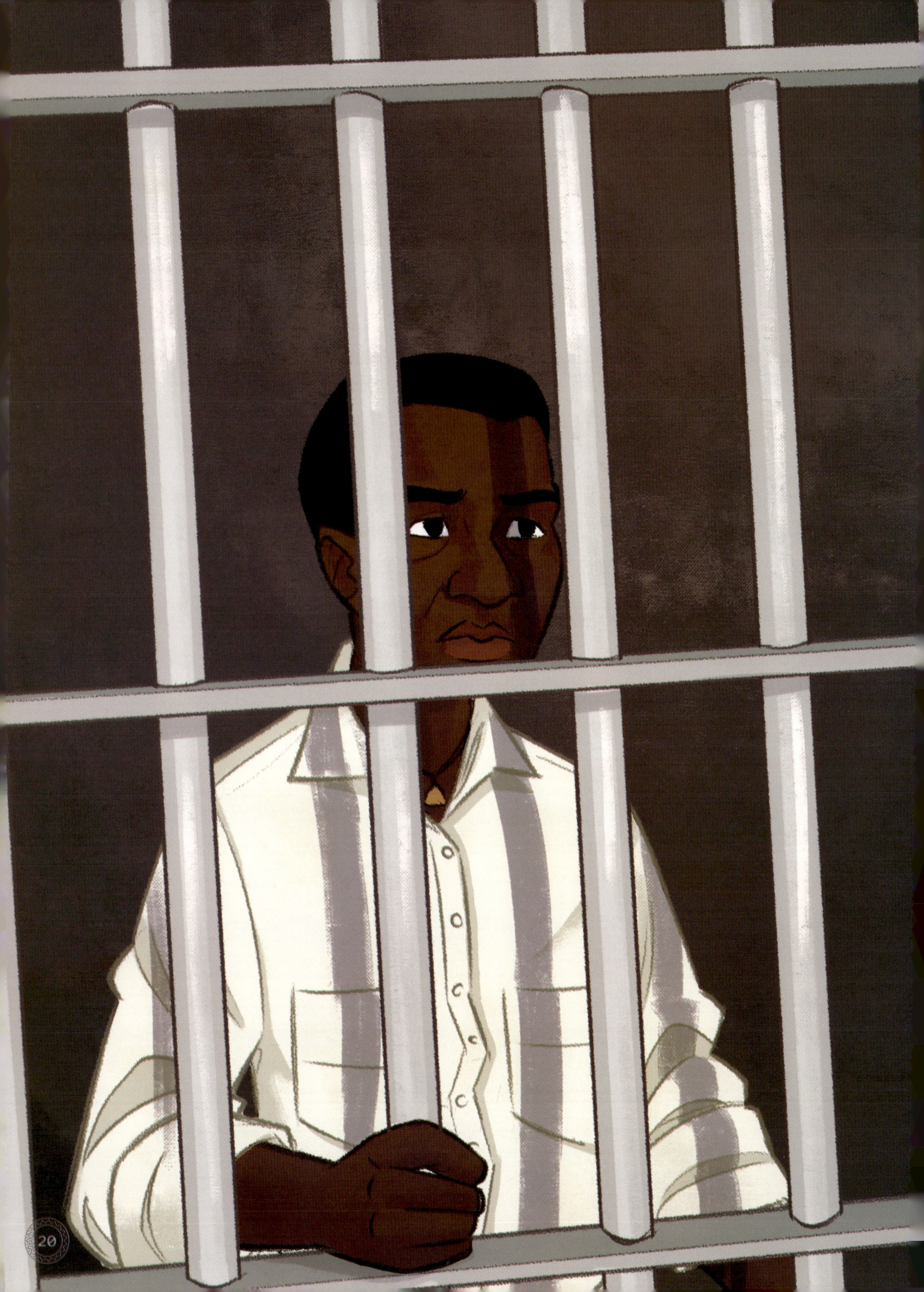

A carreira de Milton ia muito bem. Jânio chegou a convidá-lo para ser embaixador na Suécia, mas o plano não deu certo, porque o presidente renunciou pouco tempo depois. No lugar, ficou o vice, João Goulart, o Jango. Em 1964, ele foi deposto e o Brasil entrou no período conhecido como Ditadura Militar. Era a segunda vez que Milton, que tinha 38 anos na época, enfrentava uma fase de autoritarismo no governo. Não se podia dizer o que se pensava, muito menos se reunir para debater ideias contrárias ao regime. Até mesmo alguns livros, peças de teatro, programas de TV e músicas eram proibidos. Nessa época, Milton e Jandira se separaram.

Por ter muitas críticas ao novo sistema, Milton foi demitido da Universidade Católica. Ele também havia escrito alguns textos sobre igualdade social, o que deixou furiosos os militares no poder. Por isso, ficou preso por 90 dias. Na cela, havia uma pequena abertura, que servia de janela, mas era fechada por uma grade. Ali, no dia 24 de junho, quando ouvia o barulho dos fogos nas festas de São João, teve um derrame e precisou ser levado ao hospital.

Ainda doente, ele foi convidado para dar aulas na Universidade de Toulouse, na França. Aceitou, achando que voltaria logo e que a situação no Brasil mudaria em pouco tempo. Mas estava enganado: a ditadura durou 21 anos, e ele só conseguiu voltar em 1977, quando a situação começou a melhorar.

No exterior, a vida não foi fácil. Até para sair do país foi preciso que o cônsul da França interviesse, porque Milton era considerado preso político e, como tal, não podia deixar o Brasil. Quando conseguiu, veio outra dificuldade: como se manter lá fora? Amigos e intelectuais lhe arrumavam emprego como professor, mas ele não ficava muito tempo nos lugares devido às leis que determinavam um período máximo de permanência para os estrangeiros.

Depois de Toulouse, ainda na França, Milton deu aula em Paris e em Bordeaux, onde conheceu Marie-Hélène, que foi sua aluna e com quem ele se casou. Difundindo ideias de igualdade e analisando como a história e os hábitos determinam os lugares, os dois viveram em vários países, enquanto não podiam voltar ao Brasil: Canadá, Venezuela, Peru e Tanzânia. O melhor de tantas viagens era que Milton podia conhecer cada vez mais sobre Geografia e, principalmente, passar horas e horas nas bibliotecas das universidades.

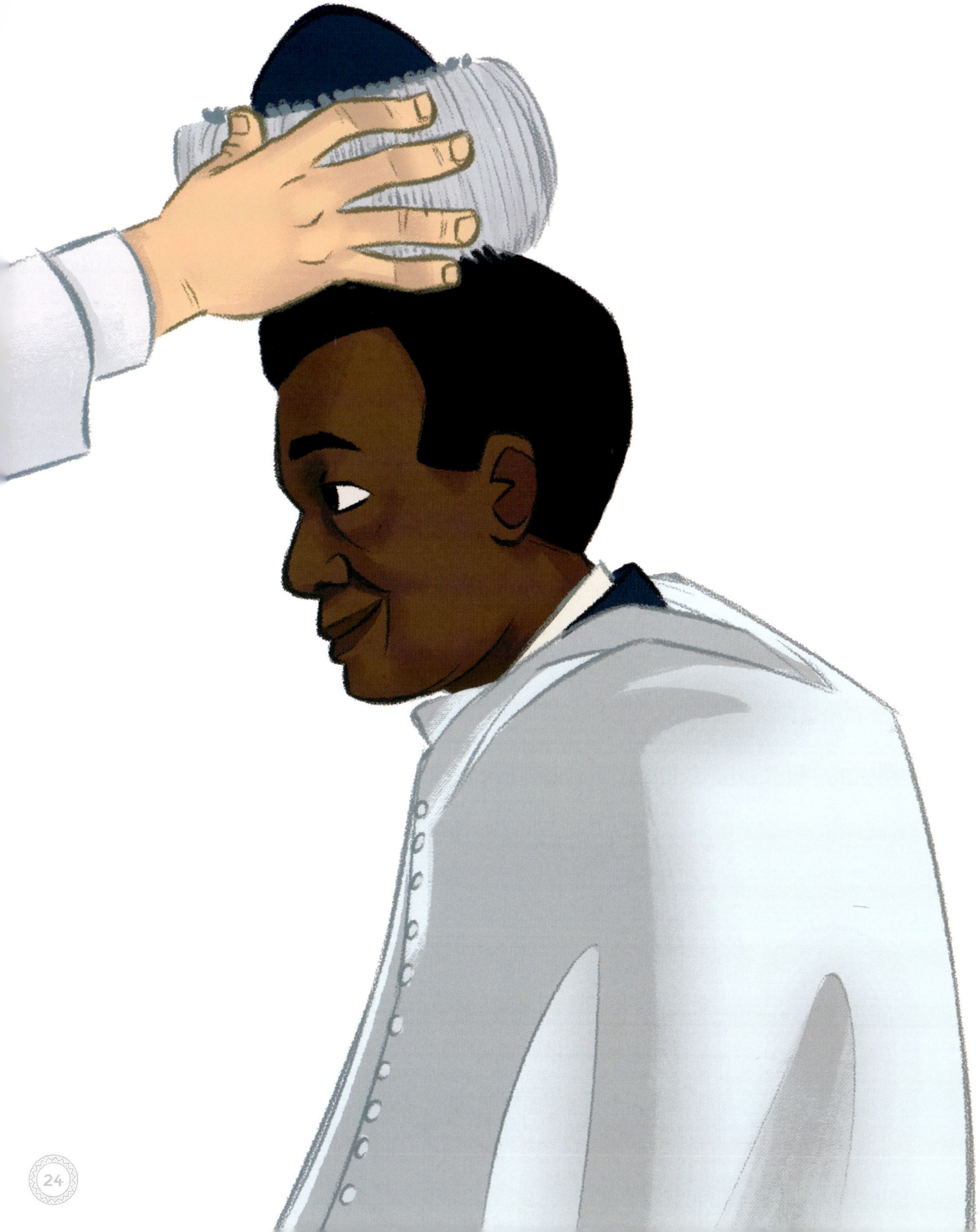

Quando pôde regressar, apesar de suas ideias já serem conhecidas em várias partes do mundo, ele sabia que podia encontrar muitas dificuldades no Brasil. Mesmo assim, quis voltar, principalmente porque Marie-Hèléne estava grávida e ele queria que o filho, Rafael, fosse também baiano. Os seis primeiros meses de retorno foram os mais complicados, pois Milton não conseguiu emprego em nenhuma universidade brasileira.

O primeiro trabalho que ele arrumou foi em São Paulo, como consultor do governo. Dois anos depois, virou professor da Universidade Federal do Rio de Janeiro, a UFRJ. Nessa fase, ele escreveu seu livro mais importante, "O Espaço Dividido", publicado em três línguas diferentes. Como não conseguiu apoio no Brasil para a obra, primeiro ela foi lançada em francês e, só depois, em português e inglês.

Nesse livro, Milton explicava como o mundo é cheio de contradições. Uma das primeiras instituições a reconhecer a importância da obra foi a Universidade de Toulouse. Milton recebeu lá o título de "Doutor Honoris Causa", o mais importante que uma universidade pode conceder a alguém. Mas era só o primeiro: o geógrafo recebeu outros 19 títulos iguais a esse, no Brasil e no exterior. Na maioria dos casos, ele foi também a primeira pessoa negra a receber tal honraria.

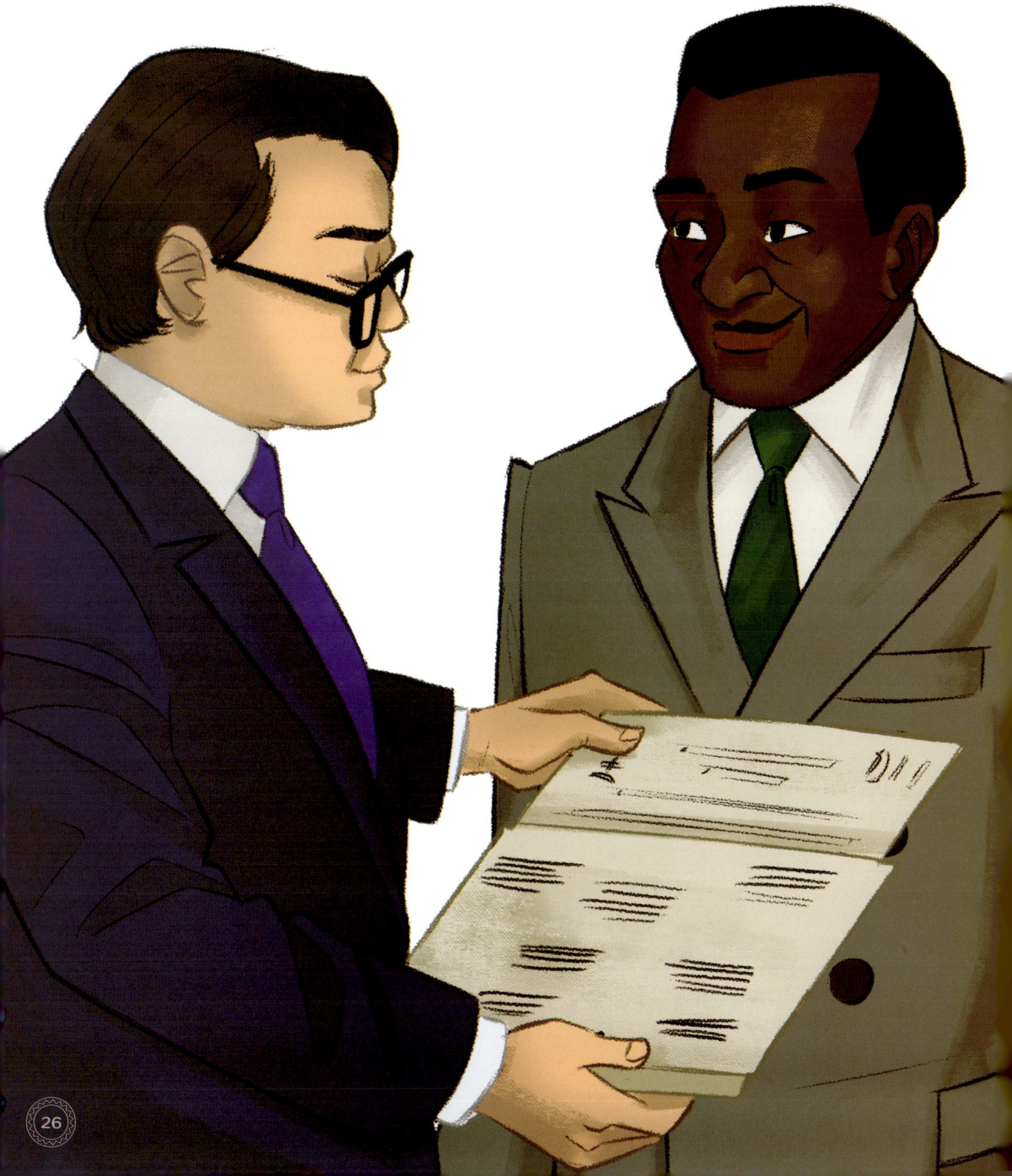

Em 1983, Milton concorreu a uma vaga para a Universidade de São Paulo, a USP. Passou, então, a formar muitos outros geógrafos, que participavam das aulas encantados com tanto conhecimento. Ele falava bem devagar e sempre era visto sorridente, o que facilitava a compreensão. Assim, formou também pesquisadores. Frequentemente era chamado para palestras ou entrevistas para explicar algum acontecimento relacionado às desigualdades sociais ou à forma como os lugares eram ocupados.

Em 1994, Milton ganhou o prêmio mais importante de sua carreira, o "Vautrin Lud", comparado ao "Prêmio Nobel". Todos os anos, uma comissão escolhe o geógrafo mais importante do mundo durante um festival em Saint-Dié, na França. Milton é até hoje o único pesquisador da América Latina a ter tal reconhecimento.

Escrever suas ideias, investigar a cultura brasileira e formar novos geógrafos preocupados com as desigualdades foram as maneiras que Milton Santos encontrou para contribuir com o desenvolvimento do país. Observando o mundo pelos diversos tipos de janela, na periferia de São Paulo, conheceu o *hip hop*, que mistura pintura, dança e música. Rapidamente, esse tipo de arte também se transformou em tema de suas pesquisas.

O *hip hop* foi um dos assuntos sobre os quais o geógrafo falou em uma entrevista para Silvio Tendler, um cineasta que decidiu fazer um documentário sobre sua vida: "O *hip hop* é o símbolo do rapaz pobre, que inventa uma música revolucionária que explica seu mundo", fez questão de reforçar.

Com as análises que ele fazia da sociedade, mostrava que a exclusão era muito grande no Brasil. Milton fazia questão de destacar também que a diferença de tratamento entre pessoas negras e brancas era uma das maiores provas disso.

Nos últimos anos de vida, dedicou-se a estudar como a tecnologia podia mudar a vida das pessoas e a forma como as coisas se organizavam no mundo. Na época, se discutia muito a globalização, que acontece por causa das relações e trocas econômicas, políticas e culturais entre os países. Milton alertava que nem todos têm o mesmo acesso às inovações. Esse foi o tema de um dos últimos livros, que ele publicou em 2000: "Por uma outra globalização". Milton dizia que, por mais que os países troquem riquezas e cultura, a globalização pode ser vista de três maneiras.

A primeira é imaginar que todos têm acesso às mesmas oportunidades, de forma igualitária, o que não é verdade. A segunda é ver o quanto ela é perversa excluindo muitos povos. Já a terceira é entender que uma outra globalização é possível. Para isso, seria necessário que os menos favorecidos e excluídos se organizassem, usando para isso as tecnologias como meio de divulgar suas ideias e sua cultura.

Em 2001, Milton ficou muito doente. Já fazia alguns anos que ele se tratava de um câncer. Internado por alguns dias, não conseguiu se curar e morreu em 24 de junho. Era de novo um dia de São João, como aquele em que tivera um derrame na prisão, data tão importante para o Nordeste, de onde ele se projetou como o mais importante geógrafo brasileiro.

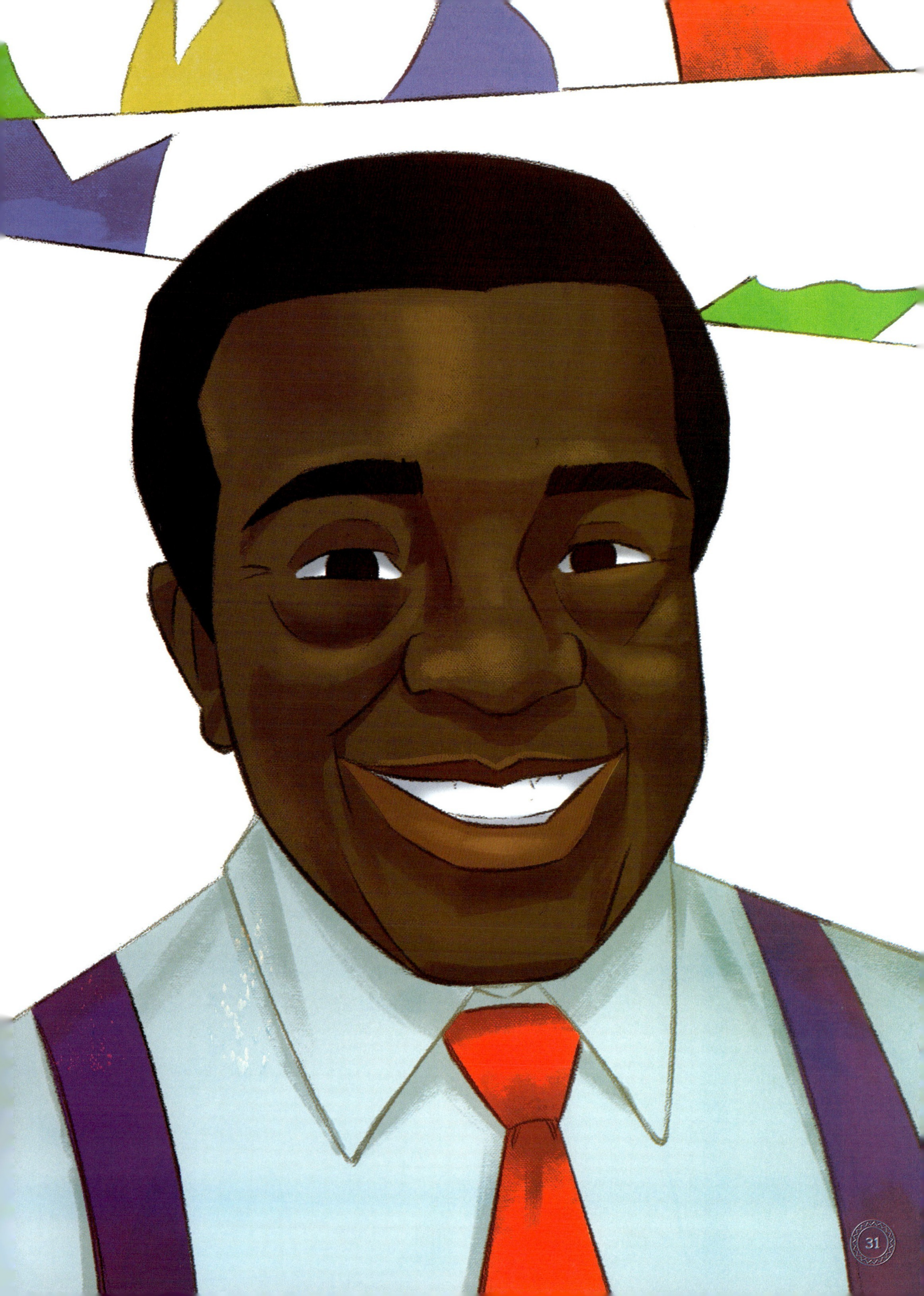

Querido leitor,

A editora MOSTARDA é a concretização de um sonho. Fazemos parte da segunda geração de uma família dedicada aos livros. A escolha do nome da editora tem origem no que a semente da mostarda representa: é a menor semente da cadeia dos grãos, mas se transforma na maior de todas as hortaliças. Assim, nossa meta é fazer da editora uma grande e importante difusora do livro, e que nessa trajetória possamos mudar a vida das pessoas. Esse é o nosso ideal.

As primeiras obras da editora MOSTARDA chegam com a coleção BLACK POWER, nome do movimento pelos direitos do povo negro ocorrido nos EUA nas décadas de 1960 e 1970, luta que, infelizmente, ainda é necessária nos dias de hoje em diversos países. Sempre nos sensibilizamos com essa discussão, mas o ponto de partida para a criação da coleção ocorreu quando soubemos que dois de nossos colaboradores já haviam sido vítimas de racismo.

Acreditando no poder dos livros como força transformadora, a coleção BLACK POWER apresenta biografias de personalidades negras que são exemplos para as novas gerações. As histórias mostram que esses grandes intelectuais fizeram e fazem a diferença.

Os autores da coleção, todos ligados às áreas da educação e das letras, pesquisaram os fatos históricos para criar textos inspiradores e de leitura prazerosa. Seguindo o ideal da editora, acreditam que o conhecimento é capaz de desconstruir preconceitos e abrir as portas do pensamento rumo a uma sociedade mais justa.

Pedro Mezette
CEO Founder
Editora Mostarda

EDITORA MOSTARDA
www.editoramostarda.com.br
Instagram: @editoramostarda

© Fabiano Ormaneze, 2021

Direção:	Fabiana Therense
	Pedro Mezette
Coordenação:	Andressa Maltese
Produção:	A&A Studio de Criação
Texto:	Fabiano Ormaneze
	Francisco Lima Neto
	Júlio Emílio Braz
	Maria Julia Maltese
	Orlando Nilha
	Rodrigo Luis
Revisão:	Elisandra Pereira
	Marcelo Montoza
	Nilce Bechara
Ilustração:	Eduardo Vetillo
	Henrique S. Pereira
	Kako Rodrigues
	Leonardo Malavazzi
	Lucas Coutinho

Dados Internacionais de Catalogação na Publicação (CIP)
(Câmara Brasileira do Livro, SP, Brasil)

```
Ormaneze, Fabiano
    Milton : Milton Santos / Fabiano Ormaneze. --
1. ed. -- Campinas, SP : Editora Mostarda, 2022.

    ISBN 978-65-88183-20-5

    1. Biografias - Literatura infantojuvenil
2. Geógrafos - Brasil - Biografia 3. Relações
étnico-raciais 4. Santos, Milton, 1926-2001 I.
Título.

21-88012                              CDD-028.5
```

Índices para catálogo sistemático:

1. Milton Santos : Biografia : Literatura infantojuvenil   028.5
2. Milton Santos : Biografia : Literatura juvenil   028.5

Eliete Marques da Silva - Bibliotecária - CRB-8/9380

Nota: Os profissionais que trabalharam neste livro pesquisaram e compararam diversas fontes numa tentativa de retratar os fatos como eles aconteceram na vida real. Ainda assim, trata-se de uma versão adaptada para o público infantojuvenil que se atém aos eventos e personagens principais.